DAS GEHEIMNIS DER

Lindenstraße

Erster Teil

DRESSLERS LETZTE FAHRT

Text: Jens Hinricher und Martin Keß
Zeichnung: Eckart Breitschuh

CARLSEN VERLAG

Martin Keß, Jahrgang 1963, lebt als freier Autor in Urfeld bei Köln. 1989 veröffentlichte er unter dem Titel »Lindenstraße – Das Buch« das Standardwerk zu seiner Lieblingsserie. **Jens Hinricher**, geboren 1962 in Lüdenscheid, schreibt z. Zt. seine Doktorarbeit über Literaturverfilmungen in Hollywood. Er lebt als freier Journalist und Autor für Radio, Fernsehen und Zeitschriften in Bochum. **Eckart Breitschuh**, 1964 in Karlsruhe geboren, studiert seit 1990 an der Hochschule für bildende Künste in Hamburg. Er arbeitete für die Werbung, Trickfilmstudios und hat seine Comics in diversen Stadtzeitungen veröffentlicht.

Leben ist nur ein wandelnd Schattenbild;
Ein armer Komödiant, der spreizt und knirscht
Sein Stündchen auf der Bühn' und dann nicht mehr
Vernommen wird; ein Märchen ist's, erzählt
Von einem Dummkopf, voller Klang und Wut,
Das nichts bedeutet.

Macbeth

CARLSEN COMICS
Lektorat: Uta Schmid-Burgk und Andreas C. Knigge
4. Auflage 24.–33. Tsd. Februar 1993

ORIGINALAUSGABE · Redaktion: Andreas C. Knigge
Druck und buchbinderische Verarbeitung: Stiewe Offset GmbH, Berlin
 · ISBN 3-551-02051-5 · Printed in Germany

O.K., MÄDELS, WAS MACHEN WIR JETZT?
MMMHH, VERGEWALTIGUNG KÄM GUT... KÄM GUT.
STIMMT! HATTEN WIR VERDAMMT LANGE NICHT.
Lindenstraße
GREENPEACE
Lindenstrasse
SAVE THE WHALE
FOLGE 439
EINSCHALTQUOTEN
ERST DEN TÄTER ODER DAS OPFER?
OPFER, OPFER!
VON MIR AUS...
AUF GEHT'S.
SSSSTT
Lindenstraße
BENNY BEIMER
TOCK
MATTHIAS STEINBRÜCK

UM HIMMELS WILLEN, WER SOLL DEN DENN MISS-BRAUCHEN?
HEILIGE SCHEISSE! DER GOTTESMANN!
FEIN, FEIN.
ICH WILL, ICH WILL!
ANDY ZENKER
TOCK
OH, ANDY, ANDY!
MÄDELS, JETZT WIRD'S KOMPLIZIERT!
QUATSCH! MEIN VOR-SCHLAG: EINE AMBULANTE GESCHLECHTSUMWANDLUNG. FOLGE 557 BIS 561.
TOLL, TOLL!
GENIAL-ENDLICH KRIEGEN WIR DIE TRANSI-NUMMER!
CLAP CLAP
BESORG SOFORT ALLES VERFÜGBARE MATERIAL ÜBER GESCHLECHTSUMWANDLUNGEN UND TRANSSEXUELLE - JA, UND CHECK DIREKT MAL, OB DAS BEI KATHOLISCHEN KIR-CHENLEUTEN AUFFÄLLIG OFT VORKOMMT...
PUUHH, ENDLICH WIEDER EIN SKANDAL!
MÄDELS, DAS GIBT 'NE GUTE PRESSE!
WORAUF IHR GIFT NEHMEN KÖNNT...
KLACK
FOLGE 704
GIFT NEHMEN? FIND ICH GUT. WEN HABEN WIR ALS NÄCHSTES?
2

Dresslers letzte Fahrt
BEAM ME UP, SCOTTIE
UND DIES, MEINE DAMEN UND HERREN, IST DER ORT, WO MILLIONEN VON MENSCHEN VERSCHIEDENSTER GENERATIONEN IHRE PROBLEME UND ALLTÄGLICHEN SORGEN, DIE KLEINEN FREUDEN...
NO SIGN OF INTELLIGENCE DOWN HERE
LACK
3

...UND DIE DRAMATISCHEN MOMENTE DES LEBENS MIT DEN BELIEBTEN SERIENFIGUREN NOCH EINMAL DURCHLEBEN DÜRFEN. MEINE DAMUNHERRN, FRANKREICH HAT DIE CHAMPS-ÉLYSÉES, AMERIKA DEN BROADWAY. UND DEUTSCHLAND HAT DIE LINDENSTRASSE!
SUPERMARKT
ZUR GLEICHEN ZEIT...
BZZZZ
KLACK
VORSICHT! SPERRVORRICHTUNG NICHT WÄHREND DES BETRIEBES BETÄTIGEN!
RAAAAAHH!
OGOTTOGOTTOGOTTOGOTT!
7
POC
4

WDR Publik
DÄNG
QUIETSCH
KLIRR
POC
SLOMP
Isolde Pavarotti
SUPERSTAR!
Neue Post
KREISCH
JA, DER HERR DOKTOR!
SUPER!
EIN TOLLER STUNT!
BRAVO!
KLICK
5

WENIGE TAGE SPÄTER..
..UND BEACHTE DIE GEBOTE DES HERRN, DEINES GOTTES..
..DASS DU IN SEINEN WEGEN WANDELST...
..UND IHN FÜRCHTEST, DENN DER HERR FÜHRT DICH IN EIN GUTES LAND...
WAS GOTT GIBT, DAS WIRD AUCH VON GOTT GENOMMEN. O ALLMÄCHTIGER HERR, O GNÄDIGER ERLÖSER, ÜBERLASSE UNS NICHT DEN BITTEREN SCHMERZEN DES EWIGEN TODES!
KLICK
UND SO BITTEN WIR DICH, GOTTVATER, NIMM DEINEN SOHN LUDWIG DRESSLER ZU DIR...
6

NIMM DIESEN MANN, DER DURCH EINEN SO TRAGISCHEN UNFALL ERLÖST WURDE VOM LEIDEN DIESER WELT...
MAMI, GROSSER VOGEL!
PFRRP
FLOTSCH
...NIMM IHN AUF IN DEIN REICH!
KLICK
SSLAKK
7

SPÄTER...
OH, TANJA!
TIEFER, PANAIOTIS, TIEFER!
UND JETZT NOCH EIN BISSCHEN NACH RECHTS, PANAIOTIS, NOCH EIN BISSCHEN NACH RECHTS...
PSSCHHH
UND ICH SAG ZUM KOMMISSAR, DER ARME DOKTOR HAT SICH BESTIMMT SELBST UMGEBRACHT, VON WEGEN DEM SEINEN NICHTSNUTZIGEN KINDERN. DER FLÖTER CARSTEN, DER STIEFSOHN, IST JA NICHT EINMAL ZUR BEERDIGUNG KUMMA!
ACH, UNSINN! DIE POLIZEI SAGT DOCH, ES WAR EIN UNFALL.
DIESEN SPRUCH MUSSTEN DIE FREUNDE & HELFER SCHON OFT IN DIESER VERDAMMTEN STRASSE ABLASSEN, NICHT WAHR?
EIN TRAGISCHES SCHICKSAL, ABER GOTT...
...HAT DEN KRÜPPEL ENDLICH STERBEN LASSEN.
WITTICH!
PANAIOTIS, ICH SEHE WAS, WAS DU NICHT SIEHST.
KLIRR
APOCALYPSE NOW
EHRLICH, BELLA GIOIA, ICH HAB DAMIT NICHTS ZU TUN, ICH WEISS WIRKLICH NICHT, WARUM SICH DIE KARTEN FÜR DEINE KONZERTE SO GUT VERKAUFEN...
?
PLÄTSCH
WW-WO K-KOMMT DIE DENN HER? SCHAU, REHLEIN. EINE ERSTAUNLICH GUT DURCHDACHTE K-K-KONSTRUKTION.
ICH HASSE ALLES, WAS FLIEGT.

DA STEHT JA WAS DRAUF.
DAS IST.. WARTE MAL..
.. DAS IST DIE SCHRIFT VOM DOKTOR!
Gott hat Augen aus Glas und -wohnt unter einem bunten Zelt
REHLEIN, ES WAR MM-MO- ...
...MO-MO- MORD!
AKROPOLIS
ZWEI NÄCHTE DARAUF...
QUIETSCH
WÄHRENDDESSEN...
RRRoooo
DU, EGON, EEEEGON!
RRRROO..?
WAS IST DENN NUN SCHON WIEDER?
ICH KANN NICHT SCHLAFEN... DU, ICH GLAUB, DIE LEUT' HIER IM HAUS, DIE WÜRDEN MICH ALLE AM LIEBSTEN UMBRINGEN..
SO'N QUATSCH, ELSE, DAS BILDEST DU DIR DOCH BLOSS EIN...
9

POFF
RRRRooooooo...
HASTA LA VISTA, BABY!
FROP

PLITSCH
GUNG
KLING, ELSE, KLINGELINGELING ...
11

RRRROOooo
?
KLACK
!
FLUGHAFEN MÜNCHEN...
LINDENSTRASSE
PROZESS: GAUWEILER ALSO DOCH E
FASCHIST?
public
ene
MÜNCHEN
1,92
BLAUGRAU
FLÖTER
CARSTEN
DEUTSCH 5.03.1966
12

ZUR GLEICHEN ZEIT...
KROK
KLICK
KNARR
LINDENSTRASSE.
SPRICHST DU ETWA MIT MIR?
TAXI
JETZT JA, WARUM?
I DRIVE PEOPLE TO HARLEM, TO THE BRONX, I DON'T CARE.
13

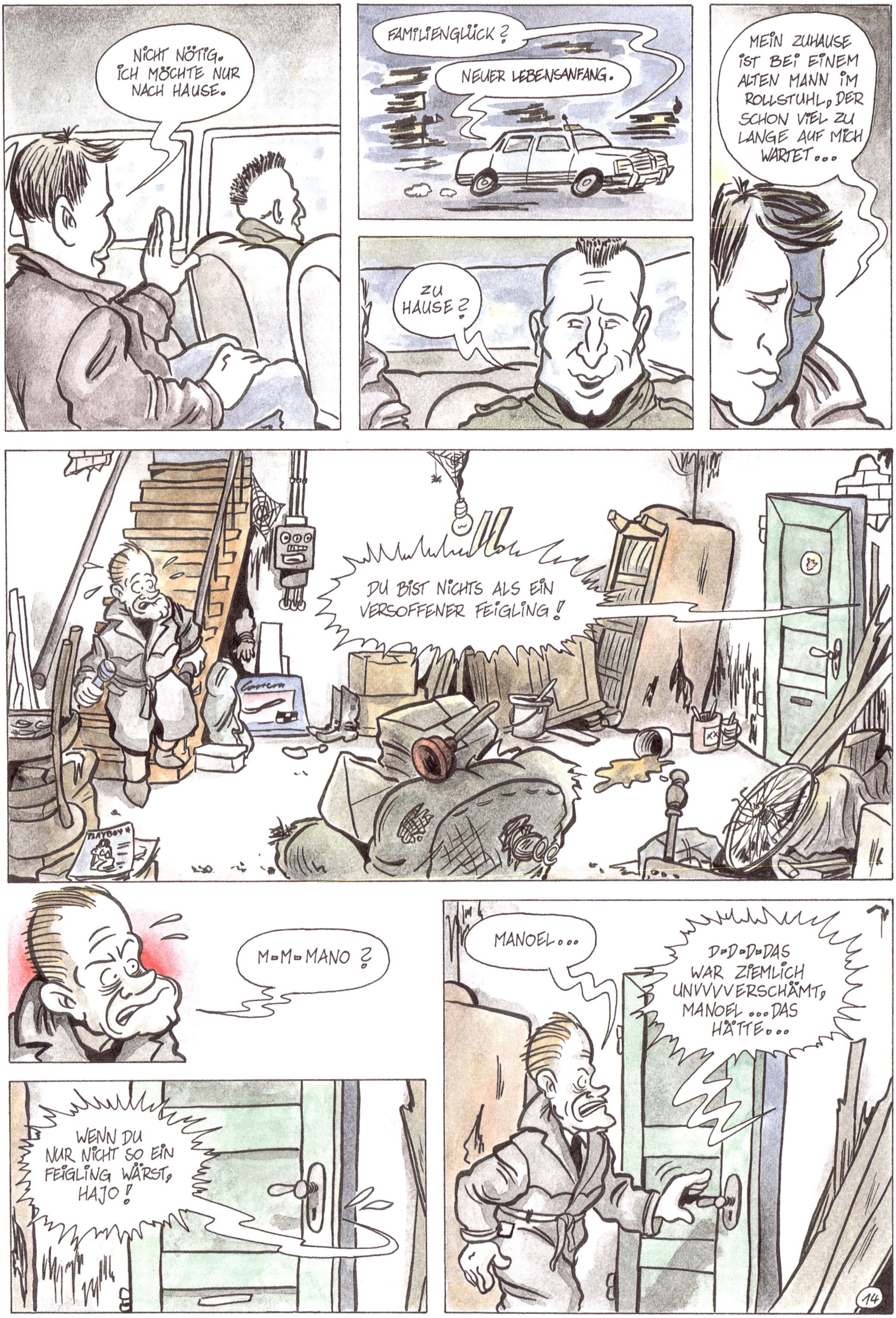
NICHT NÖTIG. ICH MÖCHTE NUR NACH HAUSE.
FAMILIENGLÜCK ?
NEUER LEBENSANFANG.
ZU HAUSE ?
MEIN ZUHAUSE IST BEI EINEM ALTEN MANN IM ROLLSTUHL, DER SCHON VIEL ZU LANGE AUF MICH WARTET...
DU BIST NICHTS ALS EIN VERSOFFENER FEIGLING !
M-M-MANO ?
WENN DU NUR NICHT SO EIN FEIGLING WÄRST, HAJO !
MANOEL...
D-D-D-DAS WAR ZIEMLICH UNVVVVERSCHÄMT, MANOEL ...DAS HÄTTE...
14

...ICH NICHT VON DIR ERWARTET, MM-MANO.
SO KANN MAN SICH TÄUSCHEN, F-F-FEIGLING.
KRRIIK
ZZIT
TAXI
WILLKOMMEN ZU HAUSE, DR. FLÖTER!
LUDWIG WIRD MIR WAHRSCHEINLICH KEIN WORT GLAUBEN...
Dr. med L. Dressler
7
DING DONG
15

!
Dr. med. L. Dressler
ERÖFFNEN WIR DIE SACHE MIT EINEM KLEINEN SCHERZ.
LUDWIG...
?
public enemy
TIC
TIC
TIC
LUDWIG...
TIC
TIC
ENTSCHULDIGE, DASS ICH MICH NICHT ANGEKÜNDIGT HABE, ICH WOLLTE DICH ÜBERRASCHEN...
TIC
TIC

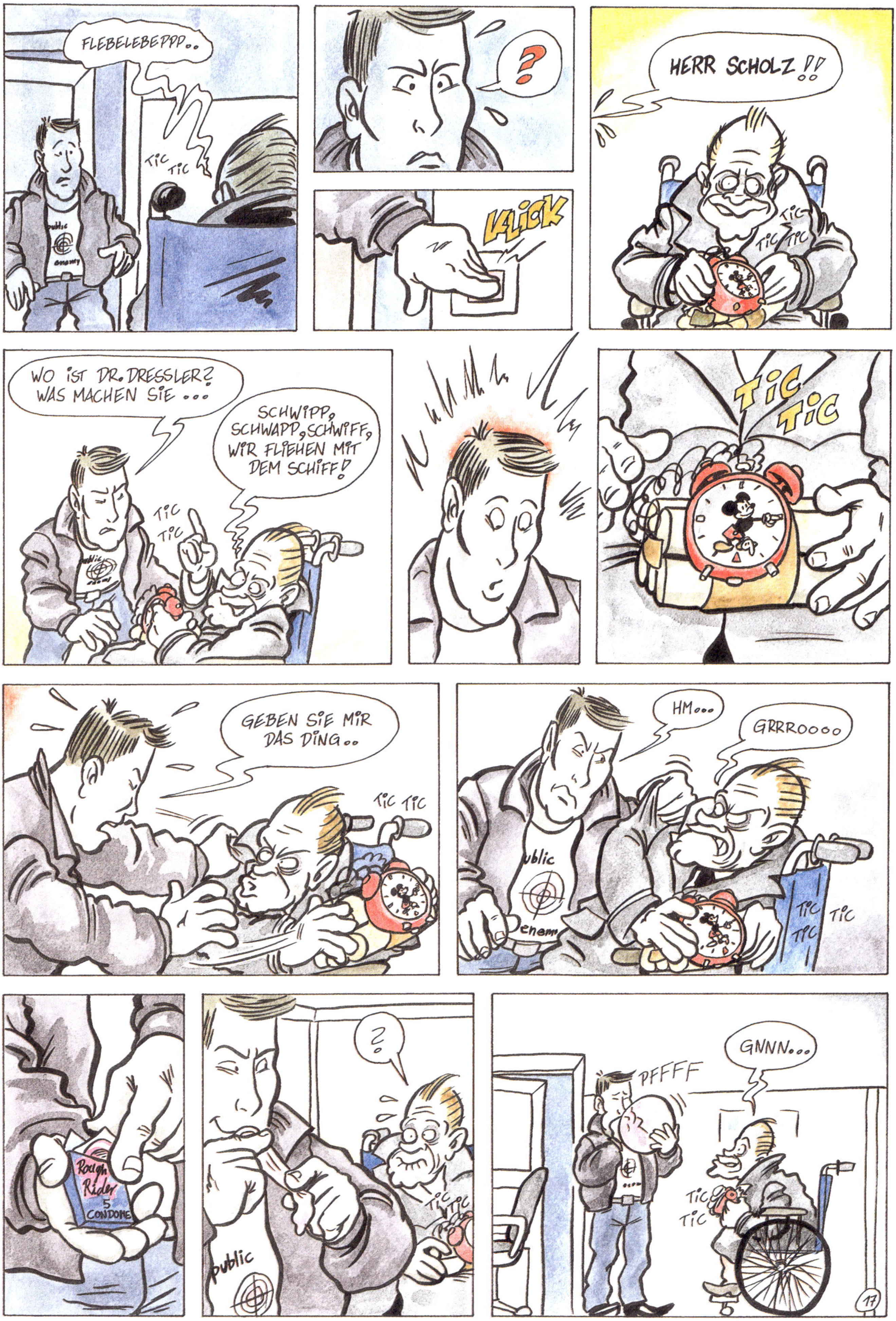
FLEBELEBEPPP..
TIC TIC
?
KLICK
HERR SCHOLZ!!
TIC TIC TIC
WO IST DR. DRESSLER? WAS MACHEN SIE ...
TIC TIC
SCHWIPP, SCHWAPP, SCHWIFF, WIR FLIEHEN MIT DEM SCHIFF!
TIC TIC
GEBEN SIE MIR DAS DING..
TIC TIC
HM...
GRRROOOO
TIC TIC TIC
Rough Rider 5 CONDOME
?
TIC TIC
PFFFF
GNNN...
TIC TIC
17

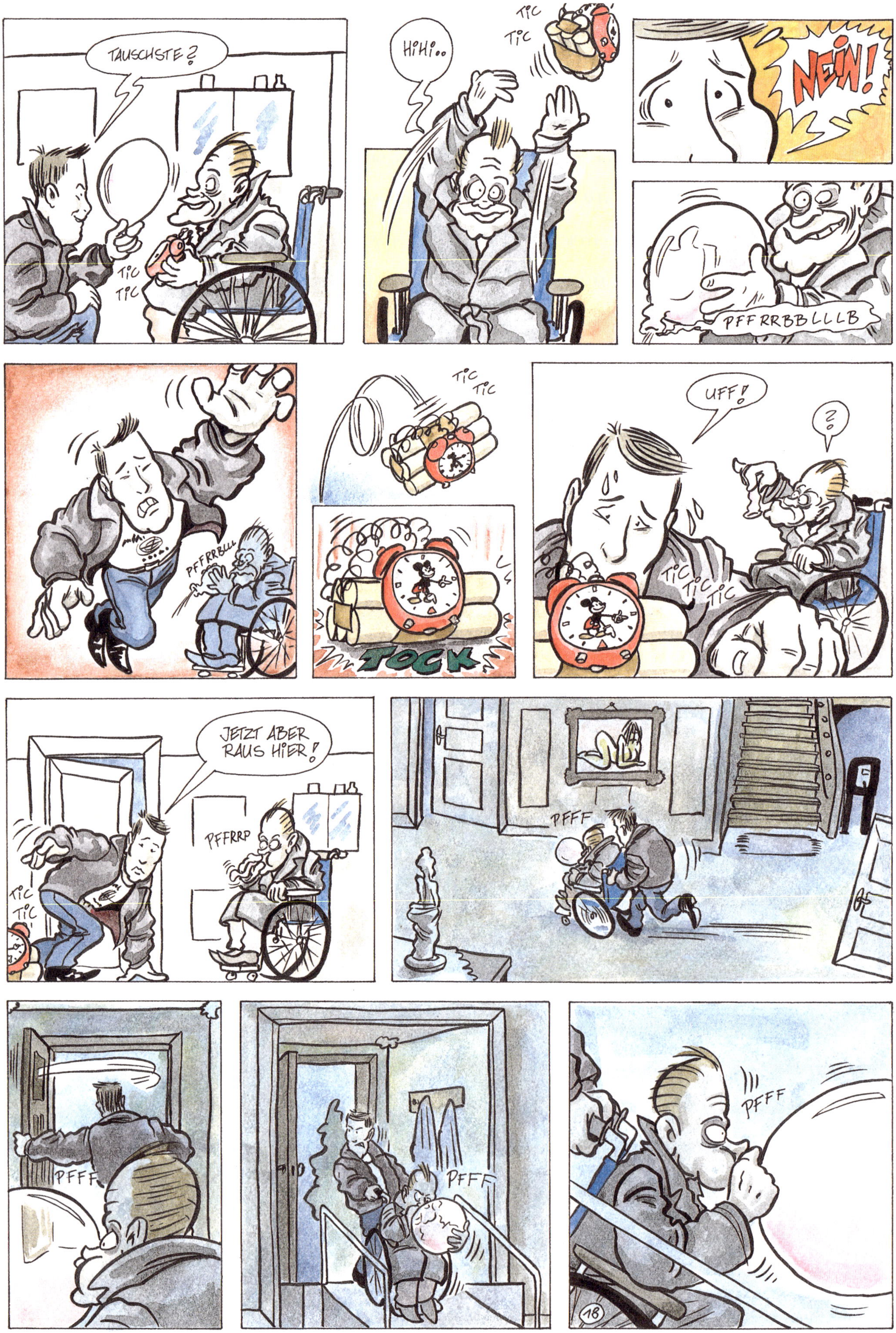
TAUSCHSTE?
TIC
TIC
HiHi..
TIC
TIC
NEIN!
PFFRRBBLLLB
PFFRRBLLL
TIC
TIC
TOCK
UFF!
??
TIC
TIC
TIC
JETZT ABER RAUS HIER!
PFFRRP
TIC
TIC
PFFF
PFFF
PFFF
PFFF

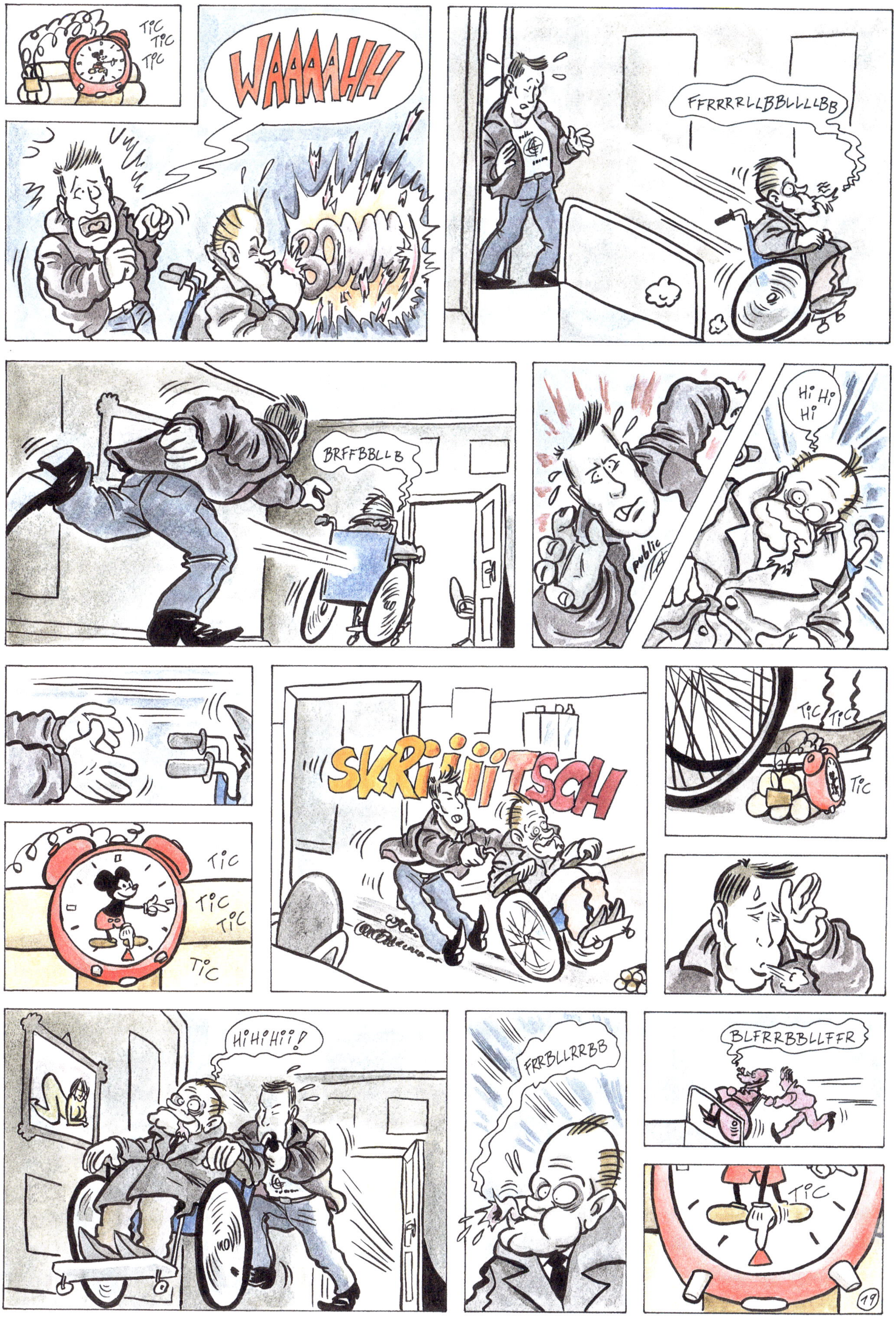

TIC TIC TIC TIC
WAAAAHH
BOMM
FFRRRRLLBBLLLLBB
BRFFBBLLB
Hi Hi Hi
SKRiiiiiTSCH
TIC TIC TIC
TIC TIC TIC TIC
TIC
HiHiHii!
FRRBLLRRBB
BLFRRBBLLFFR
TIC
19

BOOM
EINIGE TAGE SPÄTER, DER RAUCH HAT SICH VERZOGEN...
d1
F6
Bei ARD & ZDF sitzen Sie in der ersten Reihe
G7
G7
FLICK
PLING
SCHWUPP
DAS WIRD EIN GUTER TAG!
?

NOSSEK LEBT
GRÜSS GOTT TÄT ER SCHON SAGEN KÖNNEN, WO ER GRAD NOCH MAL SO MIT'M LEBEN DAVONKOMMEN IST, DER HERR FLÖTER!
HI!
TAG, HERR FLÖTER, KOMMEN SIE REIN!
ES MACHT IHM FREUDE, WENN ICH DAS TRAGE.
EIN SCHIFF WIRD KOMMEN... LALA..
ICH WAR NOCH MAL BEI DER POLIZEI. DAS UNTERSUCHUNGSERGEBNIS LAUTET: LEITUNGSDEFEKT, GASEXPLOSION.
MEXICO
DAS KOMISCHE IST: SEIT DIESER NACHT STOTTERT HAJO NICHT MEHR!
GLAUBEN SIE, ICH KANN IHM FRAGEN STELLEN?
SIE KÖNNEN ES VERSUCHEN. WAS WISSEN SIE?
NICHT VIEL. MAN SAGT, ER WAR DER ANSICHT, LUDWIG SEI ERMORDET WORDEN.
JA, DAS STIMMT. NACH DER BEERDIGUNG KAM IM "AKROPOLIS"...
...EINE SCHWALBE GEFLOGEN.
21

AHOI!!
MEXICO
KRACK
QUIETSCH
HABEN SIE DIE LISTE MIT DEM PROVIANT?
HERR SCHOLZ, ICH...
DANKE, DAS GENÜGT! ICH ERWARTE BIS MORGEN FRÜH EINEN VOLLSTÄNDIGEN BERICHT!
SIE SOLLTEN MAL SEIN ZIMMER SEHEN...
DAZU KOMMEN WIR SPÄTER. HABEN SIE WAS ZU TRINKEN?
TATSÄCHLICH, LUDWIGS HANDSCHRIFT. ABER WAS BRACHTE SCHOLZ DAZU, AUF MORD ZU SCHLIESSEN?
WODKA WÄR O.K. HAT ER FÜR DR. DRESSLER GEARBEITET?
JA, ER SOLLTE ROBERT ENGEL BESCHATTEN, WEGEN DER DROGENSACHE.
UND DAS ENGELCHEN IST SEIT GENAU DEM ABEND AUSGEFLOGEN...
VODKA
GLUCK
SIE KÖNNEN GERNE...
DAS IST NETT, ICH NEHM NOCH EINEN.
GLUG GLUG
...ÄH, SEINE UNTERLAGEN SEHEN. ICH HAB SIE SCHON SORTIERT.
WAS DAGEGEN, WENN ICH SIE WATSON NENNE?
22

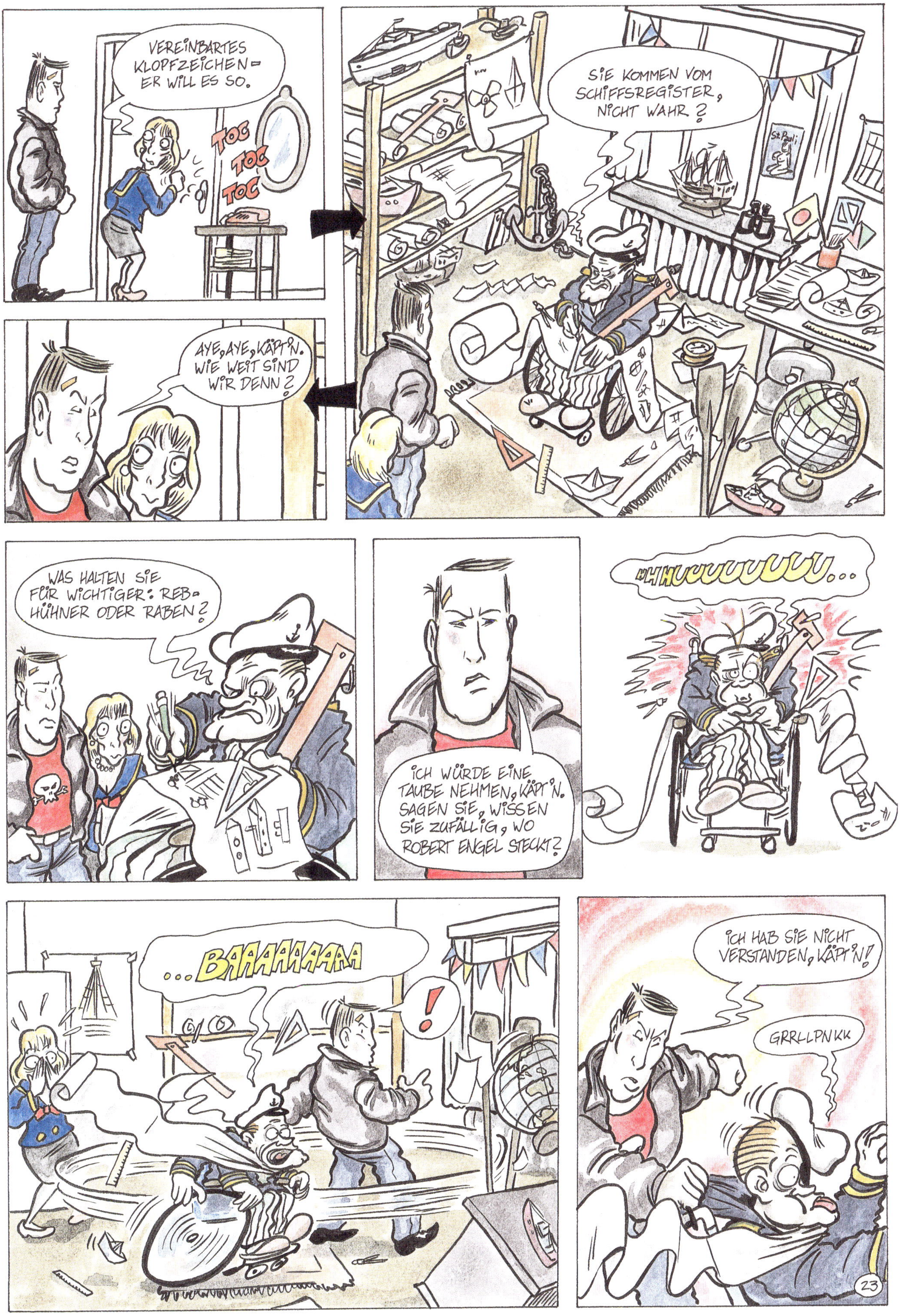
VEREINBARTES KLOPFZEICHEN – ER WILL ES SO.
TOC TOC TOC
SIE KOMMEN VOM SCHIFFSREGISTER, NICHT WAHR?
AYE, AYE, KÄPT'N. WIE WEIT SIND WIR DENN?
WAS HALTEN SIE FÜR WICHTIGER: REBHÜHNER ODER RABEN?
ICH WÜRDE EINE TAUBE NEHMEN, KÄPT'N. SAGEN SIE, WISSEN SIE ZUFÄLLIG, WO ROBERT ENGEL STECKT?
UHHUUUUUUUU...
...BAAAAAAAAA
!
ICH HAB SIE NICHT VERSTANDEN, KÄPT'N!
GRRLLPNKK
23

HUBA, HUBA.
IMMER DIESELBE REAKTION. WENN ER DEN NAMEN ROBERT ENGEL HÖRT, IST ER FÜR STUNDEN NICHT ANSPRECHBAR!
HAT ER SICH FRÜHER SCHON FÜR SCHIFFSBAU INTERESSIERT?
NEIN, DA WAREN ES MODELLFLIEGER...
ARMER HAJO, ER WEISS NICHT MAL, DASS SIE IHM DAS LEBEN GERETTET HABEN.
VIELLEICHT BESSER SO..
KANN ICH JETZT SEINE AUFZEICHNUNGEN VON VOR DEM..ÄH.. VON VOR DER NACHT SEHEN?
SICHER.
HUBA...
HUBA?
GEHEN WIR.
ÜGLÜGLÜÜ
SETZEN SIE SICH RUHIG SCHON IN DIE KÜCHE.
DANKE.
HÜGLÜ GLÜÜ
ACH, MUTTI, DU BIST'S.. NEIN, ES PASST MIR GAR NICHT GUT GERADE.... HERR FLÖTER IST GERADE ...ICH...ÄH...
GLOUG GLOUG
CABAR
24

21:32 UHR: ROBERT WIRD AUF DEM RÜCKSITZ INTIM MIT DER JUNGEN FRAU IM LACKMANTEL. KORRIGIERE: JETZT OFFENSICHTLICH OHNE LACKMANTEL...
CABARET
VON WEM HAST DU GETRÄUMT?
ER IST WAS?... MUTTI, DAS IST DOCH ABSURD! ...ICH RUF DICH SPÄTER WIEDER AN, O.K.? GRÜSS AMELIE, JA, BIS GLEICH.
...DABEI IMMER SPITZ WIE NACHBARS LUMPI, MEIN ENGEL.
NICHT WAHR, ROBERT HAT UNS ALLE UM DEN FINGER GEWICKELT?
WENN ER'S DABEI MAL BELASSEN HÄTTE..
HAT SCHOLZ IHNEN HIERÜBER MAL WAS ERZÄHLT?
Werde manchmal nicht schlau
aus dem Doktor: hat sich
heute für Engels Drogen-
geschäfte keinen Deut inter-
essiert. Statt denen von Gott
erzählt und die Bibel
zitiert: Du sollst dir
kein Bildnis machen,
und so weiter. Schien
mit seinen Gedanken reich-
lich weit weg. Als ich ging
wollte er wissen, ob ich
ein Geheimnis für mich
behalten kann. ???
BESTEHT DA ETWA EIN ZUSAMMENHANG MIT DER SCHWALBE?
VODKA
GRATULIERE, WATSON, WIR DÜRFEN DAS AUF KEINEN FALL AUSSCHLIESSEN. SIE HABEN NICHTS DAGEGEN, WENN ICH DAS ALLES MITNEHME?
NEIN, ICH WEISS ES BEI IHNEN IN GUTEN HÄNDEN, HERR FLÖTER.
ÄH, JA, ALLES WIRD GUT. WENN IHR KÄPT'N WAS ZU MELDEN HAT, LASSEN SIE'S MICH WISSEN. ICH VERLASS MICH AUF SIE!
ICH TU'S FÜR HAJO - UND DEN DOKTOR.
DARF ICH NOCH ETWAS FRAGEN? WARUM SIND SIE EIGENTLICH ZURÜCKGEKOMMEN?
HMM, ICH GLAUBE, UM EINEM ALTEN MANN EINE FREUDE ZU MACHEN...
25

..ABER DIESER ALTE MANN IST JETZT TOT.
AUF WIEDERSEHEN... CARSTEN...
Z war hier
HUBA.
?
GUTEN TAG, HERR FLÖTER. MEIN HERZLICHES BEILEID...
DANKE, FRAU KOCH.
HUBA?
QUIIIETSCH
WAS ZEIGST DU DA DEM ONKEL?
JA, WAS ZEIGT ER DA DEM ONKEL?
26

KOMM, MÄXCHEN!
R. ENGEL
R. ENGEL

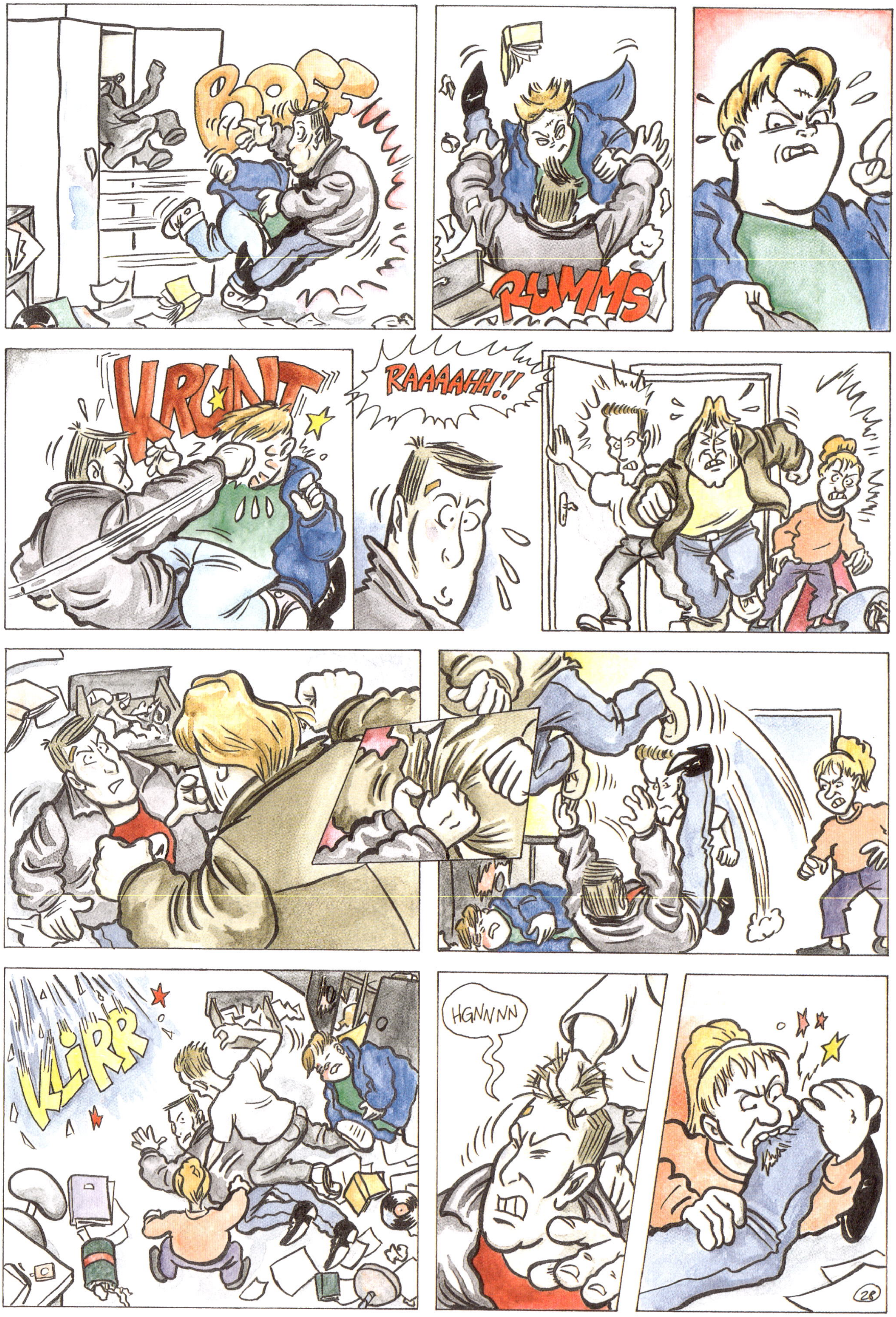
BOFF
RUMMS
KRUNT
RAAAAHH!!
KLIRR
HGNNNN
28

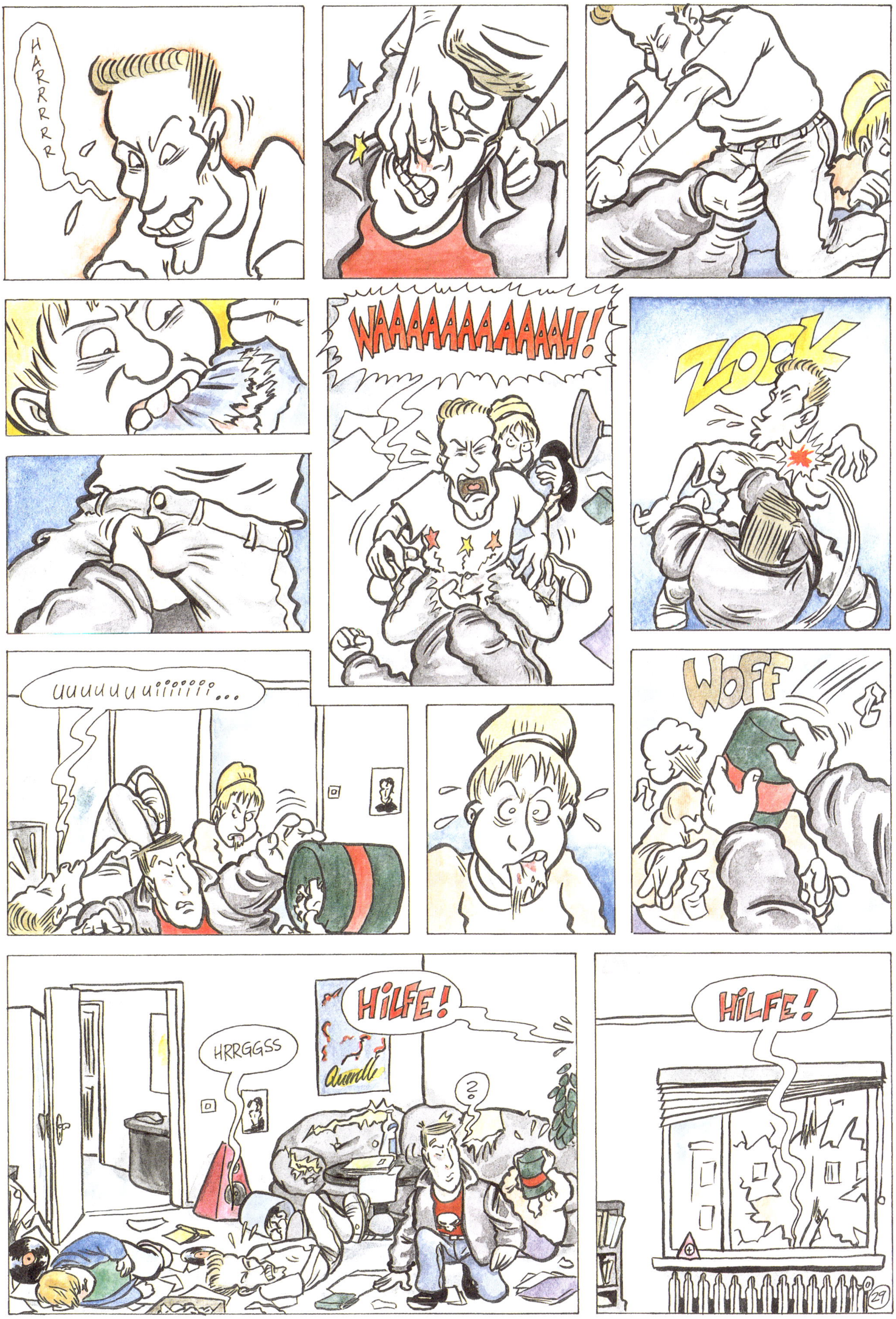
HARRRRRR
WAAAAAAAAAAAH!
ZOCK
uuuuuuuiiiiiii...
WOFF
HRRGGSS
HiLFE!
?
HiLFE!

HGNNN...
WO IST ROBERT ENGEL?
EEEY!
SPRICH, MEIN FREUND!
NNNAAARGHH! ICH WEISS ES NICHT...
WAS WOLLT IHR DANN HIER?
ER HAT UNS DAS ZEUG BESORGT, ABERABERJEZZ-ISSERSCHONPAARTAGENICHMEHR-DAUND...
BONG
WO IST ER?
ICH WEISS ES WIRKLICH NICHT!
WANN HAST DU IHN ZUM LETZTEN MAL GESEHEN?
AAAAAHH! BEI DER BEERDIGUNG!
HELFT EUREM VATER UND VERSCHWINDET!

WANN KOMMT ER DENN WIEDER?
FÜR EUCH GIBT'S HIER NICHTS MEHR ZU KAUFEN. RAUS JETZT!
ABER... DAS HALT ICH NICHT AUS.
WECHSEL DIE DROGE ODER VERSUCH'S BEI 'NEM ANDEREN NACHBARN.
BONG
ICH MUSS IHN FINDEN...
IN DER ZWISCHENZEIT...
KOMM, MÄXCHEN. DER ONKEL MUSS ARBEITEN.
?
QUIETSCH
MÜNZEN BITTE NICHT WERFEN
WOLLEN WIR DENN DER GABI ETWAS MITBRINGEN?
BIBIBIBI!
EINSTURZ GEFAHR
ZUM BEISPIEL KÖNNTEN WIR BLUMEN PFLÜCKEN...
...ODER SCHÖNE STEINE SAMMELN UND...
?
MÄXCHEN! KOMM SOFORT ZURÜCK, DU... ICH...
BETRETEN VERBOTEN
EINSTURZ GEFAHR
31

DU DARFST DA NICHT REIN-GEHEN!
MAHAAX!
HEILIGE MARIA MUTTER GOTTES, WO STECKT DER BENGEL?
LALA!
LALA!
DA IST JA MEIN KLEINER STROLCH. MERK DIR EIN FÜR ALLEMAL...
...HIER HAST DU NICHTS ZU SUCHEN!
NICHT WAHR, MÄXCHEN, DER DOKTOR FEHLT UNS ALLEN.
LALA!
32

DIESER NEUGIERIGEN KRÄHE ENTGEHT NICHTS. ICH SOLLTE SIE SPÄTER MAL BEFRAGEN.
AKROPOLIS
EINE SKULPTUR? ICH BIN KEIN BILDHAUER. ICH KÖNNTE IHNEN ABER EINE AKT-SKIZZE VON TANJA VERKAUFEN.
HI, BENNY. EINEN WODKA.
DU HAST JA'N SCHWEINE-GLÜCK GEHABT BEI DER EXPLOSION NEULICH. WIE GEHT ES SCHOLZ?
HMMM, FLEBBELEPP, WÜRDE ER WOHL ANTWORTEN. WAS IST MIT DEINEM CHEF LOS?
NEUERDINGS LÄSST ER SICH VON FRANZ DIE DRINKS MIT TANJAS SLIPS BEZAHLEN. DASS ER SICH WEGEN IHR DIE AUGEN AUSGESTOCHEN HAT, WAR NICHT SEHR HILFREICH...
DANN WIRD ER SICH JA BALD DIE NASE AUCH NOCH ABKAPPEN, WAS?
SNIF SNIF
WEISST DU ÜBRIGENS, WO ROBERT IST?
KEINEN SCHIMMER. WIESO, HAST DU ANGST, DASS ER FREMDGEHT?
ICH KANN DICH NICHT AB, UND SOLCHE WITZE KOTZEN MICH AN! KLAR, BENNY-BOY?!
KLASSE, CARSTEN! VIELLEICHT SOLLTEST DU DEN KLEINEN MAL RICHTIG DURCHHAUEN.
33

GESTERN HAT DAS LIEBE, KLEINE BENNILEIN ZUM BEISPIEL VERSUCHT, MIR UNTER DEN ROCK ZU FASSEN. ER IST GANZ WIE SEIN CHEF, DER GEILE SACK...
...UND EBENSO BLÖD WIE MEIN VATER, DER SEINER EIGENEN TOCHTER DIE UNTER-WÄSCHE KLAUT.
EH, TANJA, DAS IST JETZT HERRN SARIKAKIS' SLIP!!
HALT'S MAUL, FRANZ! CARSTEN, MEIN HELD, KÖNNTEST DU KURZ LOSLASSEN, DAMIT DER KLEINE MIR EINEN SEKT EINSCHENKT?
DU SOLLTEST NICHT SOVIEL TRINKEN, TANJA!
HÖR'S DIR AN. JETZT KOMMT GLEICH WIEDER DER SPRUCH, ICH WÜRDE SOWIESO IRGENDWANN IHM GEHÖREN. DAMIT NERVT ER MICH SCHON SEIT WOCHEN.
ÄH...
DAS GEHT NUR UNS BEIDE WAS AN!
ÜLTJE
DU, TANJA, KÖNNTEST DU MIR DEN SLIP NICHT DOCH WIEDER ZURÜCKGEBEN?
WENN ICH HEUTE ABEND WIEDERKOMME, HAB ICH MIT DIR ZU REDEN, FRANZ.
UND DAS NÄCHSTE MAL NIMM EINEN GEBRAUCHTEN SLIP. DANN LÄSST ER DICH VIELLEICHT DEN GANZEN MONAT UMSONST TRINKEN...
AUF WIEDERSEHEN, PANNY!
GNNN
IST SCHON TRAURIG!
WAS IST TRAURIG?
GLLK
34

DAS MIT DEINEM STIEFVATER. JETZT MUSS ICH JEMANDEN NEUES FINDEN, DER MEINE BILDER KAUFT.
ER HAT IHRE BILDER GEKAUFT?
JA, VOR DREI MONATEN HAB' ICH IHM EINS MEINER WERKE GEZEIGT, UND ER WAR SO BEEINDRUCKT, DASS ER ES GLEICH KAUFEN WOLLTE.
WAS HAT IHN DENN SO BEEINDRUCKT?
NAJA, ER HAT GESAGT, DASS MEINE KUNST DIE WELT AUS DEN ANGELN HEBT. ER HAT ALLE BILDER AUS DER SERIE GEKAUFT!
WAS WAR DAS FÜR EINE SERIE?
OCH, VISIONALISTISCH-POSTSTRUKTURALISTISCHER IMPRESSIONISMUS HALT.
KLINGT INTERESSANT, IRGENDWIE.
EINS IST NOCH DA. IST GERADE DIE TAGE FERTIG GEWORDEN.
KANN ICH DAS MAL SEHEN?
KLAR! KOMM MIT!
SNIF
DER REST IST FÜR DICH. UND BENNY-DARLING, WENN DU ROBERT SIEHST, SEI EIN SCHATZ UND SAG ES MIR.
ES GIBT SO WENIG LEUTE MIT KUNSTVERSTAND! DR. DRESSLER WAR DIE AUSNAHME.
KLICK
DIES IST MEINE KUNST.
VERKAUFEN SIE VIELE BILDER?
35

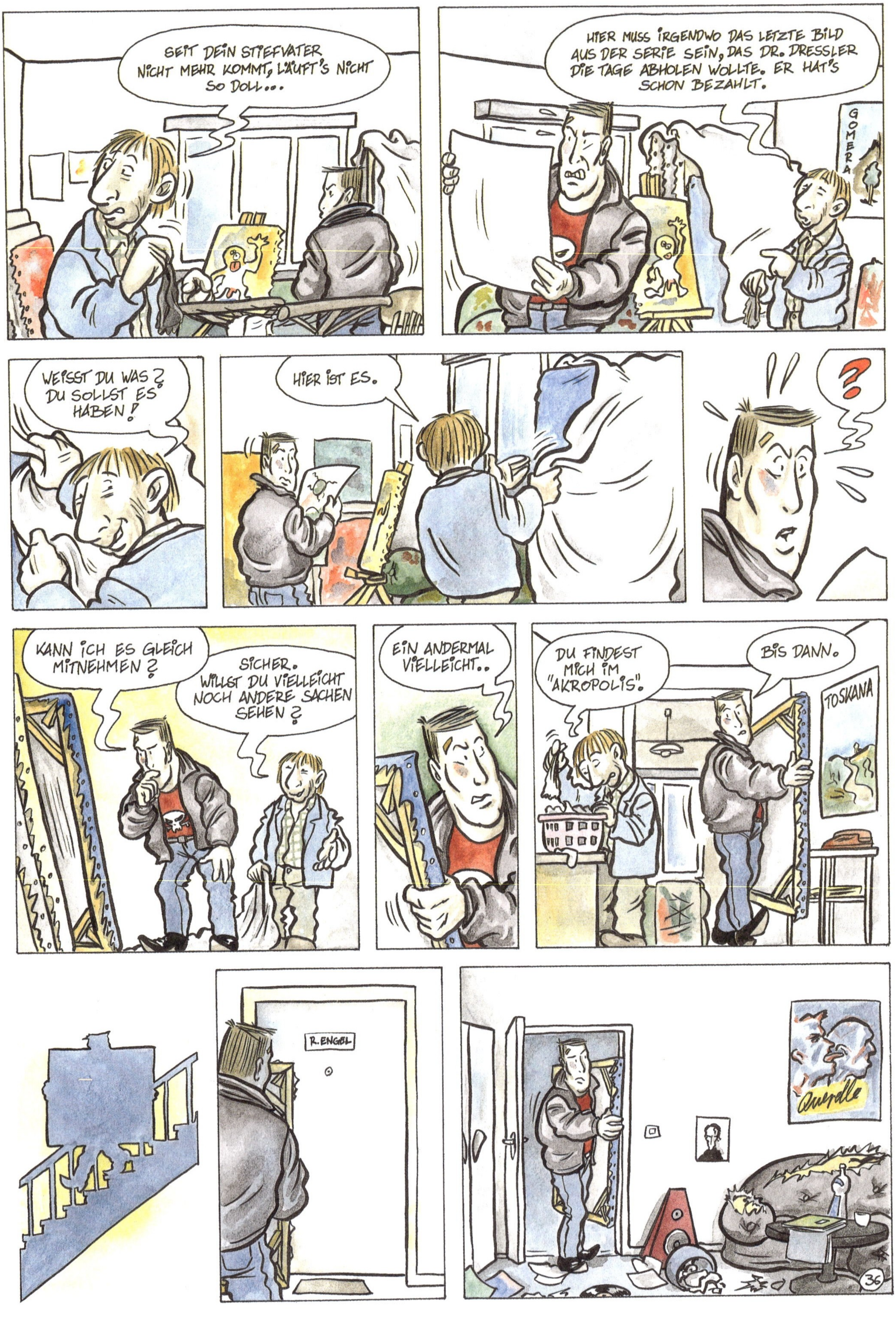
SEIT DEIN STIEFVATER NICHT MEHR KOMMT, LÄUFT'S NICHT SO DOLL...
HIER MUSS IRGENDWO DAS LETZTE BILD AUS DER SERIE SEIN, DAS DR. DRESSLER DIE TAGE ABHOLEN WOLLTE. ER HAT'S SCHON BEZAHLT.
GOMERA
WEISST DU WAS? DU SOLLST ES HABEN!
HIER IST ES.
?
KANN ICH ES GLEICH MITNEHMEN?
SICHER. WILLST DU VIELLEICHT NOCH ANDERE SACHEN SEHEN?
EIN ANDERMAL VIELLEICHT..
DU FINDEST MICH IM "AKROPOLIS".
BIS DANN.
TOSKANA
R. ENGEL
Querelle

LUDWIG HAT SCHOLZ WEGEN DER DROGEN AUF ROBERT ANGESETZT...
WARUM HAT ER IHN ABER NICHT HOCHGEHEN LASSEN, WO DOCH DIE BUDE EH VOLL JUNKIES IST? GAB ES VIELLEICHT NOCH WAS, DAS LUDWIG WISSEN WOLLTE?
Querelle
HAT ROBERT ETWA LUDWIG ERMORDET UND VERSUCHT, SCHOLZ UMZUBRINGEN?
NEIN, DANN WÄRE ER NICHT VERSCHWUNDEN. DAZU IST UNSER RAUSCHGIFTENGEL ZU INTELLIGENT.
WAR'NE SCHÖNE ZEIT MIT UNS BEIDEN DAMALS...
Querelle
GROSSE LIEBE!
FÜR MICH JEDENFALLS.
KNURSCH
KLICK
FANGEN WIR ALSO AN...
37

WÄHRENDDESSEN...
GABILEIN, WIR SIND WIEDER DA.
HEAVEN CAN WAIT AND ALL THE GODS...
ZZZZ
UND JETZT RATE MAL, GABI, WAS DER MAXL GEMACHT HAT!
ACH GEH, MUTTER, WOHER SOLL ICH'N DAS WISSEN?
...COME DOWN HERE JUST TO SIN FOR ME...
ERZÄHL'S IHR, MAXL.
LALA!
PIIIEEP... HERR DOKTOR, SIND SIE DAS?... SIE, HERR DOKTOR, ICH MUSS SIE DRINGEND SPRECHEN. PIIEEP.
THERE'S A MAN IN THE SHADOW WITH A GUN IN HIS EYE...
ZZZZZZ
WAS WAR DAS? MAXL? SCHATZ, WAS MACHST DU DA?
GABI, HÖRST DU DAS NICHT?
WAS SOLL ICH HÖREN? BEI DEM KRACH HIER!
..AND A BLADE SHINING OH SO BRIGHT
ZZZZ
AND DOWN IN THE TUNNEL KNACK
SO, RUHE IS'!
NUN SAG SCHON, MUTTER, WAS HAT ER DIESMAL ANGESTELLT?
PSSST!
...PIIIEEP.. GRÜSS GOTT, HERR DOKTOR, HIER SPRICHT NOCH MAL DER BENNO, WENN SIE DA SIND, BITTE GEHEN SIE RAN, ES IST...
BENNO??
...NÄMLICH SEHR DRINGEND. SO EIN MIST, SO EIN VERFLUCHTER! GEHEN SIE DOCH RAN...
CIRCUS
38

MAXL, WAS IST DAS? WO HAST DU DAS HER?
BÄÄÄH, KEINE LALA!
HAST DU DAS ETWA VORHIN BEIM DOKTOR GEFUNDEN?
...WEGEN IHREM ROLLSTUHLLIFT, SIE SOLLTEN IHN...
MUTTER! MUTTER, SAG'S MIR, WAS.. WAS HAT DAS ZU BEDEUTEN?
...AUF KEINEN FALL BENUTZEN! ICH MACH MICH JETZT AUF DEN WEG ZU IHNEN. PIIEEP.
IST DAS EIN SCHERZ, EIN HUNDSGEMEINER... MIT'M BENNO?
GABI? WANN HAT DER DOKTOR SEINEN UNFALL GEHABT?
ALS DER BENNO GESTORBEN IS', DA... MUTTER, DA KONNT DER DOKTOR NOCH LAUFEN, ICH MEIN, BEIM DRESSLER SEIN' UNFALL, DA WAR DER BENNO DOCH SCHON VIER MONATE TOT...
WAS, WAS GEHT HIER VOR?
RUHIG, GABILEIN, RUHIG! VIELLEICHT...
WUUU-BÄÄÄH!
MUTTER! WENN DAS TATSÄCHLICH DEM BENNO SEINE STIMME IST.... WEISST DU, WAS DAS HEISST??
EINIGE STUNDEN SPÄTER...
NOCH EINE DATEI!
ADRESS, AKTUELL, ANM. ROSA OKTOBER. ENGELCHENS ORDNUNGSLIEBE HAT MIR IMMER IMPONIERT...
KLACK KLACK
39

GAMB. HAMBRG HUBA INJ...
?
HUBA?
KLICKA KLACK
WISSEN SIE ZUFÄLLIG, WO ROBERT ENGEL STECKT?
HUUU BAAA!
BINGO!! SCHOLZI IST GAR NICHT SO DURCHGEDREHT..
KLICK
KLACK
KLICKA
MIST! GEHEIMDATEI! WAS KÖNNTE...?
WIE WÄR'S MIT COCKSUCKER?
KLICKETY KLACK
BIIIEEEP
'TSCHULDIGUNG. WAR AUCH NUR 'N SCHERZ.
GRÜSS GOTT, HERR DOKTOR, HIER SPRICHT NOCH MAL DER BENNO..
OUUIIINLL.. SIE SOLLTEN IHN AUF KEINEN FALL BE-NUTZEN....
BENNO, ICH BITT' DICH, SAG MIR, WAS ICH TUN SOLL...
...ICH MACH MICH JETZT AUF DEN WEG ZU IHNEN. PIIIEEP.
40

AUCH WENN ES VERRÜCKT IST...
LIEBE IST STÄRKER ALS DER TOD
...GENAU DAS WERD ICH TUN!
ICH MUSS ES TUN!
BIIIEEP
ÖFFNE DICH, DU MISTDING!
KLICKA KLACK
BIIIIEEEP
KLACKETY KLICKA KLACK
MOMENT MAL!?
QUIIIIETSCH
KLACKA KLICK KLACK
M-A-R-S-U...
41

DARF MAN DAS ?
SEIN SCHICKSAL HERAUSFORDERN ?
GOTT IM HIMMEL, STEH MIR BEI !
EINSTURZ GEFAHR
O MEIN GOTT !
BAILEY'S
O MEIN GOTT !
LICHT !
42

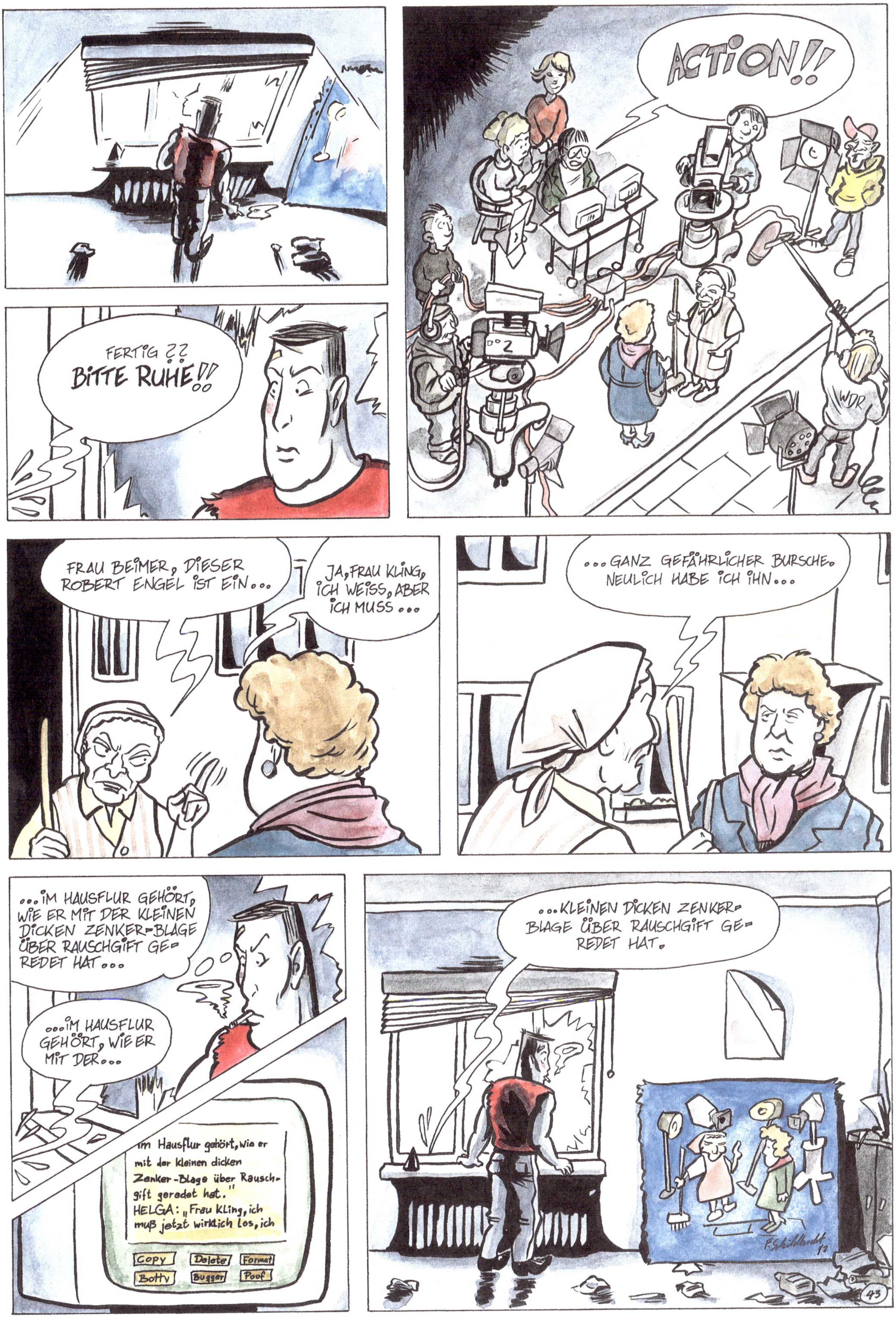
FERTIG ?? BITTE RUHE!!
ACTION!!
FRAU BEIMER, DIESER ROBERT ENGEL IST EIN...
JA, FRAU KLING, ICH WEISS, ABER ICH MUSS...
...GANZ GEFÄHRLICHER BURSCHE. NEULICH HABE ICH IHN...
...IM HAUSFLUR GEHÖRT, WIE ER MIT DER KLEINEN DICKEN ZENKER-BLAGE ÜBER RAUSCHGIFT GEREDET HAT...
...IM HAUSFLUR GEHÖRT, WIE ER MIT DER...
im Hausflur gehört, wie er mit der kleinen dicken Zenker-Blage über Rauschgift geredet hat."
HELGA: „Frau Kling, ich muß jetzt wirklich los, ich
Copy Delete Format
Botty Bugger Poof
...KLEINEN DICKEN ZENKER-BLAGE ÜBER RAUSCHGIFT GEREDET HAT.

FRAU KLING, ICH MUSS JETZT WIRKLICH LOS, ICH...
HALLO?
TJA, LIEBER CARSTEN..
...DIE WIRKLICHKEIT IST EIN GUTER ORT ZUM LEBEN!
44

HALLO, FLÖTE!
NEIN, GABI!!
DU...DU DARFST JETZT NICHT WEITERGEHEN. BITTE!!
WELCOME TO MY NIGHTMARE.
45

BLAMMM
GRING
GRING
LIVE LONG AND PROSPER
WIRD UNSER HELD DIESEN ALPTRAUM ÜBERLEBEN?
IST GABI ZU WEIT GEGANGEN?
WAS HAT ES MIT ROBERTS GEHEIMDATEI AUF SICH?
WARUM WURDE DAS GEHEIMNIS DER LINDENSTRASSE
DR. DRESSLER ZUM VERHÄNGNIS?
DIE ANTWORTEN AUF DIESE FRAGEN
ERFAHREN SIE IM ZWEITEN BAND:
GEFALLENE ENGEL
1992